KB115463

유모차를 타고 가는 아이나비

시와소금 시인선 166

유모차를 타고 가는 아이나비

초판 1쇄 인쇄 2024년 03월 20일
초판 1쇄 발행 2024년 03월 25일

지은이 안창섭
펴낸이 임세한
펴낸곳 시와소금
디자인 유재미 정지은

출판등록 2014년 1월 28일 제424호
발행처 강원 춘천시 충혼길20번길 4, 1층 (우 24436)
편집 · 인쇄 주식회사 정문프린팅
전화 (033)251-1195 / 휴대폰 010-5211-1195
전자주소 sisogum@hanmail.net
ISBN 979-11-6325-074-6 03810

값 12,000원

시와소금 시인선 · 166

유모차를 타고 가는 아이나비

안창섭 시조집

시와소금

| 시인의 말 |

부끄럽지만 허물을
수거한다는 것이 싫지 않습니다

이번 생은 흐릿해서
슬픔을 드러낼 수 없습니다

가물가물한 기억을 더듬어
맨발로 다가오는 그림자를 봅니다

2024년 봄
안창섭

| 차례 |

제2부 그때 거기 있었습니까

제3부 아주 가깝고도 먼 이야기

제4부 다가갈수록 멀어지는 그림자

제5부 시작도 끝도 없는

제 1 부

그냥 그런 날들

마음이 칠흑일 때

마음의 눈을 감고

마음을 코끝으로

마음을 바라보면

마음이 슬픈 한쪽을

어루만져주었다

금강송면 왕피리

플라이 낚시처럼 슬픔을 잡아채면
눈물은 팽팽하게 돌쩌귀 부딪쳐서
시름 줄 당겼다 놨다 갈마드는 잔물결

왕피천 모래밭에 한시름 내려놓고
사나흘 머물다가 달빛이 차올라서
울어도 눈물이 없는 면목 없는 열목어

사냥

하루를 밀고 가는 유모차에 걸친 허리
벚나무 잎 사이로 달빛사냥 가시는지
발자국 풀어진 백발 그림자로 남는 밤

휘어진 골목길이 통증을 곧추세워
여릿한 달그림자 한 다발로 묶어내며
가로등 구부러지는 기침마저 묶는다

주상전하 납시오

선암사 해우소에

매화꽃 피는 소리

매화틀 향기 품어

부처도 좌탈입망

엉덩이 깐 뒤 무럭무럭

피어나는 무량심

달걀을 던지다

9회 말 투아웃 투 쓰리 풀 카운트
덮어놓고 도루를 시도하는 대선 주자
대통령 떨어지는 곳
길바닥이 두렵지

직구로 투구하면 한방이 두려워
변화구 눈속임도 하루면 충분하지
난장판 병아리 날자
떨어지는 기러기

우당탕 두루치기 그 나물에 비빔밥
주머니 속 날달걀 간직한 구원투수
눈감고 모르겠다, 시발
던져놓고 새 시대

멍게

멍게가 소리 없이 짖는다, 멍 멍 멍
뇌 없이 살아가는 시한부 어시장에
입하나 풀칠하려고
아랫도리 틀어막은

먹을 것은 다 먹고 생각하는 뇌는 사치
뇌물은 다 빼먹고 썩은 내장 감질나게
비빔밥 말아먹은 죄
껍데기는 모르쇠

희붐한 새벽녘에 말없이 떠나가는
불콰한 얼굴들은 울멍울멍 피가 돌아
피 끓는 고무 다라이
목이 타서 멍 멍 멍

내수면 연구소

내수면 연구소는 불면의 꿈속에서
내 수면 깊은 곳에 내생의 꿈자리를
내 수면 머리맡에서 잠 못 드는 잠자리

내수면 연구소는 내 꿈을 꾸지 않아
내 수면 눈먼 자리 물비늘 집을 지어
내 수면 가장자리서 머무는 연구소

내수면 단풍들어 물빛에 잠든 당신
내 수면 한가운데 잠자는 소문들이
내수면 왕버들 나무 하늘가로 날았다

봄비, 날다

진달래 꺾어 물고 그루잠을 풀었더니
빈 가슴 무게 만큼 사연 하나 잊었는데
봄밤을 견디는 방법 너에게 묻고 싶다

촉촉이 젖은 입술 밤새워 속삭이다
꿈속에 발이 젖어 바닥이 어둠일 때
신생의 투레질 한번 하얀 기억 새긴다

동구 밖 는개 난실 늘어진 발자국들
서느런 옷자락이 안개비로 젖어 들면
첫사랑 비거스렁이 눈물마저 차갑다

영이와 철수

별빛을 잘라 먹고 잠들 수 있으세요?
타다만 뿌연 연기 태울 수 있으세요?
달빛에 가려운 얼굴 손톱 밑에 감추고

소나기 신발 속에 가둘 수 있으세요?
돌아온 바람 손님 잡을 수 있으세요?
낙숫물 발등을 찍어 수직선을 타는데

물음표 이빨 자국 만들 수 있으세요?
고드름 봉창에다 붙일 수 있으세요?
휘파람 손등을 타고 수평선을 긋는 밤

숯

죽었다 살아나는 불꽃은 나무의 꿈

까맣게 그을린 채 꿈꾸는 혈관 속에

어둠의 볼을 적시는

검은 심지 붉은 피

가로등

바람이 멈춘 자리

옷깃을 잡아끌며

노랗게 물든 입술

지그시 깨문 채로

달빛을 세워놓고서

그림자만 검문 중

해바라기

기찻길 따라가는 기억의 창고에서
무너진 꿈속에서 잠자던 책갈피에
오래된 사연은 하나 빈자리에 피는 꽃

길 잃은 발자국이 꽃을 꺾어 길을 내면
새끼 잃은 어미처럼 죽음도 외면하는
첫사랑 돌아왔다는 우아한 거짓말

기억을 잃어버린 추억의 정거장에
기차가 떠난 자리 발목을 묻어놓고
이별의 꽃씨를 심어 꿈속으로 보낸다

못생길수록 춥다

고드름 살이 차서 찬바람 움켜쥐고
초승달 쌍꺼풀을 가계부에 올려놓고
함박눈 쓰러진 자리 반달지붕 만든다

성수기 겨울방학 붕어빵 꿈속에는
코 끝점 이벤트에 눈 없는 거울들이
수험표 눈물샘 지참 돌아가는 선풍기

앞트임 뒤트임에 확 트인 몽고주름
사각 턱 앉은자리 달걀 세워 반듯하다
첫인상 0.017초*에 누구세요 모나리자

* 초두효과

키커 서면

키 작아도 키 세 개면
장가들던 시절 있었지

키 커서면 부잣집
데릴사위 되겠지

키 키 키

웃을 볼 날이

키가 작아 울었지

한자 이야기

1. 非

서로의 등 맞대고 한쪽만 바라보는
빗금과 빗금 사이 틈새는 늘어나고
등갈비 어느 쪽이 옳은가 양팔 저울 눈대중

그렇지 이건 아니지, 등 돌린 허수아비
끊어진 세상사를 무엇으로 붙여 볼까
아닐 비 그것이 아니라 안아주는 안을 비

2. 世

하나는 지난 과거, 둘 모여 현재고요
셋 뭉쳐 미래 라요, 이런 게 세상이라
삼세가 한자리에서
두루두루 자라니

한평생 살아가는 이승과 저승 사이
일상을 깨고 이상으로 살아가는 세상살이
삼대가 하나로 모여
꿈을 꾸며 삽시다

3. 愛

손톱만 한 심장을 들고 당신에게 가는 길

참 멀다, 눈앞에서 애간장이 얼었다 녹았다

손톱 달 에둘러 가는 길이 더 멀어서 애달다

4. 無

장작을 쌓아 놓고 떠나는 당신 곁에
장작불 지피는 등불은 가고 없고
먼발치 뒤돌아보면 까맣게 타는 눈물

푸르게 피는 불꽃 허물도 태워 버린
무심한 연기만이 죽음도 잊어버린
아무 일 없다는 듯이 무소식이 희소식

한없는 시간 앞에 상처도 아물어서
세월을 태워버린 청춘의 꿈속에서
무작정 그리워했던 당신 얼굴 태웁니다

제 2 부

그때 거기 있었습니까

숨겨둔 이야기 속에

당신을 위한 거짓말이

참살이다

아이나비 · 1

요양원 좁은 복도 비상등 불빛 따라
들어선 발가락이 먹먹한 벽을 보고
눈 뜨고 보이지 않는 눈먼 길을 찾는다

유리창 한 뼘 햇살 눈물을 끓이는데
숨소리 비등점 찾아 병실을 헤매 돌아
생명선 빠른 길 찾기 발룽발룽 검색 중

갈 길은 첩첩산중 한눈에 잡히는데
입술도 풀어놓고 혀까지 녹여 내어
이승잠 떠나기 전에 내려앉는 숨비소리

가죽이 뼈가 되어 얕은 잠에 우는 시간
등걸마저 내어준 자리 저 눈부신 이름들
여기에 누가 있었는지 흔적을 묻고 있다

아이나비 · 2

마지막 눈인사를 눈감고 바라보는
검버섯 걸음나비 손등을 쓸어 담고
긴 한숨 짧게 타는 길 연약지반 침하 중

집으로 가는 길을 누구에게 물어볼까
앞섶에서 빠져나온 흰나비 한 마리가
실시간 지름길 찾아 발밤발밤 하는 중

나비야 훨훨 날아 굽은 길 곧게 펴서
다문 입 풀어 놓고 혀까지 점을 찍어
무거운 이름표 하나 모래시계 찾는 중

편의점에 뜬 달

술 취한 새벽달이
장복산 넘어와서
잔액을 채워주는
차가운 별빛만이
하루를 할부로 처리하는
낯뜨거운 겨울밤

어둠을 계산하는
신용카드 꺼내놓고
컵라면에 빠진 달을
젓가락 올려봐도
하나도 슬프지 않은
고개 숙인 그림자

뿌리 없는 나무

막걸리 한 사발로 울고 싶은 하얀 밤에
간장을 다 녹이는 달그림자 재워놓고
파도야 가만히 있어라, 문어발을 찾아서

침몰하는 봄 바다에 차오르는 세월호
늘어난 물음표가 뼛속을 채워가도
죽음이 허둥댄 시간, 부표처럼 떠도는

지나서야 알아 지고 돌아서면 잊어버리는
얽히고설킨 뿌리 실타래로 풀어내며
마지막 사회적 참사, 기다리는 매일 밤

고무신

신이여! 고무신이여!

어디에 계십니까?

죽음의 하늘 끝에

다가서는 밤바다에

가벼운 신의 무게는

가라앉지 않습니까?

붙임쪽지

한 번쯤 얼마든지 문자의 파편으로
한 조각 구름으로 해종일 서성이다
한 마리 무지개 나비 날개 접어 울었다

거울 앞 먼지처럼 저 얇은 눈썹 아래
비워진 휴지통에 던져주고 가는 말은
죽어도 잊지는 말자, 입속에서 맴도는

때로는 눈웃음 찍어 빈틈을 엿보다가
칸칸이 막힌 세상 아무것도 아닌 것이
모난 돌 겹겹이 쌓아 비밀 하나 품었다

솔꽃

우주의 점 하나가

꽃으로 내려와서

차창에 내려앉아

빗물로 씻기어서

물 따라 주정차금지

생명선을 긋는다

당산나무

오백 년 한자리에 한 뿌리로 차고 나가
새천년 올려 보고 등대처럼 밤 밝히는
동구 밖 머나먼 샛별
보리피리 불었다

산새도 잠이 드는 해거름 산마루에
길 잃은 까막까치 갈 숲에 내려앉아
사립문 눈동자 밟아
잠이 드는 꼬리별

장에 간 아버지를 손등 위에 올려놓고
구름을 이고 가는 조각달 바라보다
할머니 주름진 얼굴
달무리로 차올라서

초가집 지붕 타는 호박 넌출 손을 잡고
아들딸 잘되라고 달빛 안은 비손으로

호롱불 그을음 태워
고무신을 울린다

달개비꽃

그 이름 고와서 비스듬히 피는 꽃
갈맷빛 깨끼적삼 솔바람 묶어 놓고
그림자 쓸쓸한 당신
치마폭에 빠지면

까치놀 발도 없이 문지방 찾아들어
빈집은 소리 없이 거미줄 늘여놓고
수수깡 콧바람 소리
바지랑대 올랐다

잠들지 않는 밤

변방의 유일한 집 간판 없이 삼십 년
철길 옆 19공탄 천장까지 받쳐 들고
가로등 멍든 그림자, 처마 밑에 잠들면

한 장에 구백 원 찾아가는 문패마다
허기진 골목길에 무릎은 절로 늙어
긴긴밤 짧은 이야기 요강단지 귀를 묻고

하룻밤 짧은 만남 두 장으로 타는 밤
번개탄 푸른 입술 원망도 했다마는
위아래 붙어먹은 불륜 굴뚝새도 잠을 설쳐

불구멍 틀어막은 양철지붕 부뚜막엔
밤새워 울다 지친 멍울진 가슴 하나
연탄 곡 절절 울리는 구들장이 듣고 있다

범이 생각

191전 187승 4패는 전설의 고향
19년 연속우승 의령의 황우장사
정암루 마중물 받아 한우산을 울렸다

밀치기 한 판으로 세상을 돌아보고
씨름판 뿌리박은 천강의 붉은 기상
뿔치기 천지를 감아 네발 아래 감추고

네발로 태어나서 두발에게 박수받는
솥 바위 소원에는 싸움 없이 부자 되어
거친 숨 휘몰아쳐서 전생을 울리는 범이

그곳에 가면

기적소리 반짝, 햇살을 태우는 정오
뜨거운 그림자도 벚나무 발아래로
경화역 그곳에 가면
피고 지던 꽃 멀미

체위를 바꾸지 못한 객차의 몸부림이
습습히 머물지 못한 탈선의 여정으로
팽팽한 녹슨 눈길이
평행선을 긋는다

덜커덩 흔들리는 곡선의 눈동자들
침목의 간격만큼 침묵이 지나가면
끊어진 시간표 사이
터져버린 매미 목

참살이

어머니 저문 날에 밤마다 적신 눈물
눈썹달 그려놓고 가슴앓이 달무리 진
세월이 약이라는 병 그리움의 처방전

겨울 속, 봄비인가 희뿌연 하늘 멀리
갈 곳 없는 구름 하나 참았던 울음보를
온종일 울어 보라고 함박눈이 내린다

어둠을 밀어내는 새벽의 실핏줄이
파르르 밤새도록 사람과 세월 사이
하룻밤 생의 그림자 그믐달로 눕는다

꿈꾸는 감자 꽃

함안보 머문 강물 산허리 베고 누워
종달새 날개 위에 하늘이 내려앉아
강 건너 빈집 굴뚝엔 흰 구름만 머무네

모래톱 강 언덕에 걸터앉은 미류나무
늘어진 노랫가락 실바람 자장가에
해거름 사이로 잠이 드는 감자 꽃

고비에 발을 묻고

바람의 갈기 세워 숨소리 다가서고
시간의 발자국은 한없이 웃자라지
이정표 무릎 사이로 별점 보는 역마살

낙타는 가자 울고 지평선 목이 말라
한바탕 소나기로 모래알 달래놓고
방카르* 양 떼를 몰아 시간마저 누웠다

단단한 그림자도 더러는 길을 잃고
세월의 모래시계 잘록한 생을 묶어
수억 년 고비 속으로 발가락을 묻는다

* 몽골 토종개

몽골의 바다

하늘이 너무 맑아 구름 속은 비어 있다
뱃사공 던져놓은 허물은 바람을 잡고
푸르공* 속도에 맞춰 흔들리는 운명선

코담배 손바닥을 갈라놓는 해초들이
끈끈한 물때표를 물고가는 재두루미
수평선 꼬리를 잡아 말발굽을 구른다

뱃고동 아스라이 시퍼런 파도 칼날
호미**의 목을 베어 어미 잃은 발자국들
첫 경험 고비의 속살 종아리에 심었다

불면의 꿈속에서 길 찾아 떠나는 배
마두금을 타고 넘는 어워***의 깊은 포궁
낙타의 눈물을 모아 돛단배를 띄운다

* 몽골 투어 차량
** 몽골의 전통음악
*** 몽골 서낭당

제 3 부

아주 가깝고도 먼 이야기

시작과 끝 사이

후회가 밀려오면

과거의 후유증을

말하지 않는 말로

우리가 모르는 이별이

뒤통수를 치고 간다

풍연심*

백수가 몸살 해서
군대를 다시 가나

직장을 갖고 싶어
사표를 내야 하나

실없이 구멍 난 바람
헬조선을 울린다

한발이 외로워서
지네 발로 걸어보면

발 없이 담장 넘는
나팔꽃 부러워라

철없는 마음의 자리
모둠발이 서럽다

* 風憐心 :『장자』 추수편

키보드

나에게 보여주는 흑백의 귀와 눈이
아직도 널 기억해 비밀의 방안에서
눈물을 타전하는 당신
손톱 밑에 가시 말

손가락 지문에서 떨어진 낱말마다
온몸을 뒤척이며 달구어진 눈동자들
별들이 보내는 연서
속속 배달 중이다

설핏한 꿈길에서 또다시 두드리는
깨어진 침묵처럼 지우개를 찾는 밤
한순간 꽃처럼 피어
간지럽다 온몸이

먼 나무

먼 데서 오신 당신 먼 데서 잘 보이는
가끔은 멀리 봐야 가까이 다가서지
멀고 먼 세상 끝에서
눈이 멀어, 깜박이는

어제와 오늘 사이 멀어져간 사람아
아무도 모르거나 알아도 모르는 체
사랑이 나를 속이고
미치거나 말거나

삘기 꽃 당신

어버이날 산비탈에

소주 한 병 들고 가서

애닯다 목이 마른

목 빠진 흰머리 꽃

엄마 젖, 돌돌 말아 먹던

손바닥이 서럽다

섣달 초아흐레

오랫동안 마주 보던 사람이 있습니다
방바닥과 천장같이 서로가 바라보는
구들장 간지럼 타는 따끈했던 아랫목

이불속 묻어놓은 고봉밥 코골이가
고드름 한 허리를 베어 물고 잠드는
자리끼 문지방 타고 문풍지를 울리는 밤

상강 무렵

첫사랑 마수걸이

석류는 터져 울고

제비는 돌아가고

제비집만 오도카니

뒤늦게 반송된 편지

무서리에 울었네

똥구멍 미래는 밝다

똥구멍이 묻고 답하기를, 이뭐고 이뭣꼬
뜰아래 잣나무와 해우소 똥 작대기
철없는 꽃 같은 소식 아사리판 다반사

부처는 소마소마 중생은 사그랑이
똥구멍 찢어지게 호박씨 미주알고주알
망라한 인공지능 AI 밝은 오는 똥구멍

저녁의 내부

뭐 있나? 살강에는
뒤꿈치 들고 보는

뭐 있나? 다락에는
까치발 일어서는

속사정 모두 압니다
귀신조차 모르게

뭐 있나? 두레상엔
새까만 눈동자들

어둠을 골라 먹는
젓가락 헛기침이

장국에 동동 뜬 별이
숟가락을 울리네

학생 부군신위

병풍을 뒤집으면

죽음도 허기져서

국, 밥이 돌아앉아

밥 한술 말아먹고

유세차 불초한 자식

소리 없이, 울었다

숫눈처럼

시절 인연 따라 봉숭아 꽃물 적시던
첫사랑 식은 죽처럼 하룻밤 머물다가
차가운 피를 데우는 거짓말은 가출 중

사랑을 미워했던 여인숙 문 칸 방에
신발이 소리 없이 무작정 걸어 나가
발기된 청춘의 꿈을 밟고 가도 모르고

느린 우체국

그립다, 말 못 하고 나래 접는 엽서 한 장
까맣게 타들어 간 입속의 네모난 말
이별의 시간표 건너 내가 쓴 구름 한 장

유리잔도 밟고 가는 올제의 발바닥이
꼬깃한 생을 접어 콰이강 다리 아래
사공은 삿대도 없이 노를 저어 수심 잡네

대패삼겹살

비 와서 공치는 날 시장통 허름한 집
헐렁한 사람들이 안면을 몰수하고
솥뚜껑 엄마 손 잃고 집게 손을 찾는 밤

멍들은 상추쌈이 손바닥 부여잡고
입 없는 그릇들은 밥맛이 일당이라
불잉걸 젓가락 장단 발 박자를 맞추네

비워진 소주잔이 어깨를 부딪치며
한시름 놓았다가 먹먹한 신발 끈들
하나도 서러울 리 없는 어미 잃은 대패 살

홍시

시월의 별숲아래 홀로 잠든 먹감나무
허기를 달래주던 보름달 홍시 하나
빈 가슴 속울음으로 홀로 남은 어머니

까치밥 떨어지고 까치는 날아가고
얼굴 없는 꼭지들은 어디로 흘러갈까
꿈길에 미리내 건너 불러보는 아버지

혜원의 봄날

— 신윤복 四時長春

앵도화 피는 별당

봇물 터지는 소리

댓돌 위 검정 갓신

분홍 색시 홀려놓고

물불을 모르는 소녀

두드릴까? 장지문

안양 문

낙엽 따라가실 때는 떨어지는 연습을 하세요

"저기 사망신고 하러 왔는데요? 본인이세요? 본인이어야 되나요?" 타는 낙엽에 아버지를 부치는데, 밤 한 톨 발아래로 뚝 떨어진다. 철없는 시간과 흘러간 몸에 수많은 얼룩이 묻어나와 뜬구름에 잠든 손수건으로 닦아도, 무서리는 꽃을 들고 웃는 햇살에 은행잎 떨구고 들어선 잔주름 길, 아득한 공포 불상 흘러내린 무량 햇살을 품고 있다

불우不遇한 거망빛마저 풍경 속에 잠든다

라디오스타

소낙비 낙숫물로 간지럼을 태울 때

신일 선풍기 도리도리 대가리 돌릴 때, 구멍 난, 난링구에 땀방울 고개를 내밀 때, 고봉밥 정수리를 파리채로 탁, 쳐서 똥파리 낮잠을 깨울 때, 꽁보리밥 일자 눈썹이 칠 게 집게발에 걸릴 때, 금성 라디오가 밤을 잊은 그대에게 모나미 볼펜 똥을 누일 때,

밤마실 따라온 닻별 라디오를 켜는 밤

사랑 좀 빌립시다

어둠 속 불꽃 찰칵 가슴을 열고 달칵

옷깃을 스치는 바람이 말했다. 오늘 밤은 몹시 추워요, 달도 뜨지 않고요, 말문을 닫은 가로등 아래서 찰칵찰칵, 이 정도면 동태나 황태는 눈물이 고드름 되겠지요, 바람불고 추운 날에는 눈물이나 콧물이나 두 손을 꼭 잡아 주세요

고장 난 사랑이 달칵 눈물 찍어, 다 알 칵

제 4 부

다가갈수록 멀어지는 그림자

아재요, 술 왜 마시는 교

이즐라 꼬

뭐 이즐낀데 예

부끄러분 거

뭐시그리 부끄러분데 예

술 마신다는 거

옥수수 집

위아래 딱딱 맞춘 걸어서 자정까지
칸칸이 채워진 밤 구들장 귀를 묻고
천장엔 하늘 구름이 홑이불로 잠드네

달빛을 빚어다가 안방에 모셔올까?
수염발 올려놓고 방아를 찧어볼까?
까치발 손톱 달 찍어 무중력 한 밤안개

창밖을 마주하고 구구단을 불러 본다
물음표 벽을 타다 하품으로 내려앉는
자명종 꿈꾸는 시간 기지개를 켜는 밤

설핏한 꿈을 꾸다 그림자로 깨어나서
불면이 걸어 나와 기둥시계 밥을 주는
초인종 불침번 세워 잠이 드는 지샌달

두부의 눈물

슬픔을 감싸 맨다

눈물이 새지 않게

한 생이 한 자루에

맷돌의 무게만큼

하얗게 죽어서 피는

저승꽃이 정하다

밤을 잊은 그대에게

등굣길 산복도로 성지여고 세라 교복
생생한 바람개비 싱글벙글 돌아가는
흰나비 책상머리에 밤을 잊은 지우개

지워도 지워지지 않는 하얀 발목 검은 치마
나풀나풀 춤을 추며 밤고개를 넘고 넘어
밤마다 쓰고 지웠던 모눈종이 연습장

찔레야 찔레야

보리밭 가는 길에 찔레순 꺾어 물고
가시 찔린 손톱 끝에 숨어 우는 종달새는
꿈결에 흰나비 울어 잠 못 드는 찔레꽃

시간의 모서리에 가시 박힌 아린 추억
풀 섶에 숨겨 놓은 울음이 차올라서
목놓아 울고 싶은 밤 속눈썹을 찌른다

폭포의 눈물

머리부터 발끝까지

수 없이 셀 수 없는

수많은 숨소리를

눈물로 쓰고 싶다

한 겹의 날개도 없이

쏟아지는 눈물비

돌고래 연가

산에서 낚시한다 미련 없이 하는 낚시
돌을 낚아 도를 닦는 돌 낚시는 도가 없다
가파른 산등성이를 잡아끄는 발걸음

바라밀 행을 닦는 만어산 물고기 떼
참나무 등대 삼아 난바다 돌아보고
돌고래 울음소리에 잠 못 드는 동자승

귀 없는 물고기들 이명증 앓다가는
너덜겅 건너가는 나찰녀 치맛자락
덜커덩 새벽을 깨워 돛단배를 띄운다

바닥은 끝이 없고 파도는 잠이 없네
관세음 손이 없고 아귀는 입이 없네
돌부처 돌무덤 깨고 폐어로 살아나서

돌고래 놀던 자리 마애불 눈웃음이

눈물을 봉인하고 세상이 잠든 사이
소원 돌 높이 들고서 목어처럼 울었다

컴퍼스

한발로 점을 찍어 돌아앉는 우리 사이
우연히 만남 끝에 필연으로 몰아가는
철 지난 우스게소리 모둠발로 듣는다

처음처럼 맹세했던 반지를 안고 돌면
부드러운 직선으로 허공서 다시 만나
둥글게 하나가 되어 떠날 때도 중심이다

당신의 중심에서 쓰러지는 동그라미
서로를 증명하는 시작과 끝점에서
스치는 발자국처럼 그림자로 남는다

꽃을 웃긴 소

나주 들판에서 소를 웃긴 꽃을 보았지
법수 둑방에서 꽃을 웃긴 소를 보았지
누렁소 혓바닥 빗질 팔랑개비 보았지

혓바닥 팽이 치듯 둥글게 감싸 돌았지
자운영 네 잎 입술 벙글게 핑 돌았지
콧방귀 풀꽃 웃기는 황소걸음 돌았지

내광쓰광

눈사람은 기울어진 운동장을 달렸다
찬바람은 굳고 정한 갈매나무 찾아가서
눈물을 새김질하던 반짇고리 울렸다

파리한 동짓달 미나리를 마주 보며
얼룩진 빈자리에 인간적인 이야기를
귓불을 간지럽히며 작심한 듯 묻는 말

참말 같은 거짓말이 씹을수록 정에 겨워
어쩌면 참말보다 거짓말이 다정해서
한 번쯤 까만 속 타는 그리움도 괜찮다

깊은 밤 한잔 술이 오늘을 외면하고
내일은 없다면서 수작을 걸어올 때
막걸리 환장하고도 깜박 남을 짝사랑

용두레 연서

가문 날 천수답을 울리는 까막까치
장마를 기다리다 하지감자 눈이 멀어
마중물 들어 올리는 부지깽이 누리달

눈을 감고 바라보다 잠이 드는 호랑나비
계란꽃 눌러 찍은 논두렁 마른 발목
뙤약볕 가슴에 안고 달아나는 소나기

섰다, 3-8 백화점

3-8은 광장이다, 골목골목 풀어 놓은
보따리 보따리에 방물장수 붉은 입술
경화장 봇물 터지는 마수걸이 첫사랑

고등어 소금 쳐서 은갈치 시집가요
시집 못 간 시금치는 치마 단 풀어놓고
풋고추 다리 분질러 잔치 국수 먹는 날

오이 소, 보이 소, 사이 소, 싹 다이소
고맙소, 닷새마다 다 같이 니캉내캉
어울림 굿거리장단 어화둥둥 에누리

참기름 침을 발라 떨이를 유혹하는
본전을 까먹어도 밑천을 믿고 사는
덤으로 주고받은 정, 남은 생은 우수리

명태전 아랫도리 막걸리 한 사발로

권커니 잣거니 긴 하루 짧은 밤이

콩나물 대가리 걸고 꿈을 꾸는 경화장

아브라카다브라

굼뷔가 찰방찰방 아득한 포구에서
겨울은 빈 배처럼 해종일 흔들리다
빈 가슴 채우고 가는, 할 일 없는 소주잔

기생충 미나리에 오징어 올라와도
말 많은 우리 동네 개미는 집을 짓고
반평생 반 토막 주식 바닥칠 날 두려워

오늘은 울어도 내일은 웃어 볼까?
반등 없이 가는 인생, 허방다리 저편에는
숨겨운 작은 입으로 밥은 먹고 다니는지

반달

우물에 빠진 달이

두레박 타고 와서

민낯을 보였다가

눈물에 잠든 하늘

반에 반, 접었다 폈다

다시 보는 연애편지

달맞이

아띠 보러 가는 길

마가을 등을 밀어

길쓸별 어깨 위에

에움길 따라오네

오래된 어스름 달빛

더넘바람 쌓이네

BMW

바람불면 버스 타고 비 오면 지하철로
걸어서 가는 장날 발품은 인공관절
청려장 쾅쾅 울리며 각을 잡는 발걸음

세 발이 또각또각 방지턱 넘어가면
멀찍이 달아나는 그을린 개밥바라기
어르신 보행기 타고 달나라 가는 길

밟아도 밟아도 경로우대 제한속도
두 발이 지망지망히 무덤까지 달려가서
외치는 나의 노래는 구 구 팔 팔, 이 삼 사

전설

배롱나무 옆구리를

약지로 긁어주면

알몸이 간지러워

풋 봄의 풋사랑이

누구와 살을 섞었나?

발그레한 간지럼

추억 속의 재회

네 맛도 내 맛도 없었던 지난날에
뜨거워도 식어도 너울가지 되었다가
꿈속을 돌고 돌아서 너나들이 되었다

애면글면 살아온 날 그런 날 있었기에
묻어 둔 이야기를 살갑게 굽어 낸다
추억을 찢어 발리는 안다미로 배추전

디리하자*

디리밥상 정겹겠다

사흘디리 만나고도

끼닛거리 남아돌아

꿈속에서 놀고먹던

부뚜막 잊어버린 얼굴

디리하자 그때처럼

* 거창지역에서 쌀을 조금씩 내어 돌아가며 밥을 먹는 풍습

제 5 부

시작도 끝도 없는

누군가 있으면 외롭고

아무도 없으면 고독하다

그대가 있고, 없음으로

시원섭섭하다는 말

살갑다

말복 카페

자발 없는 사람들과
개 발에 땀 나도록

경화장 난전에서
말복을 말아먹고

콩국수 얼음 깨물고
장을 보는 늦더위

불규칙한 뼈

눈물 속에 슬픔의 뼈, 물속에 얼음의 뼈
바람 속에 시간의 뼈, 달걀 속 말의 뼈
뼈 있는 말 한마디가 물렁뼈를 씹는 밤

뼈 빠지게 살아온 골병의 세대에게
뼈가 되고 살이 되는 뼈아픈 사연들을
통째로 발라먹는 시간, 뼈마디가 아리다

뼈대 있는 가문은 뼈 채로 묻는다
뼈대 없는 집안은 뼈 채로 먹는다
뼈대로 누울 자리는 아래위가 가없다

너머의 너머

산 너머 불빛 보이지 하늘 높이 보이지
강 넘어 물빛 보이지 구름 너머 보이지
파랑새 어깨너머로 무지개길 보이지

밤새워 흐놀다가 물안개로 피었지
예전에 묻어 둔 말 밤안개로 피었지
무시로 돌아본 하늘 뭉게구름 피었지

먼 모래 글피 찾아 굽이굽이 가는 길
사나흘 풀꽃 찾아 돌아돌아 가는 길
한 생이 어둑해지면 물어물어 가는 길

한 끼

개 다리 소반도, 양반다리 구첩반상도

이제다 밉상이다, 진상은 꼰대라떼

떨어진 밥풀떼기 하나

마주 앉은 초승 밥

늘 푸른 요양원

늘 푸른 얼굴들이 파 뿌리 머리 채로
병실을 밀고 끄는 무거운 발걸음이
가벼운 처방전 한 장 흘림체로 머무는

병명이 다른 세월이 같은 약 복용 해도
부작용 없는 세상에 약봉지 남겨두고
늘 푸른 하늘 너머로 훨훨 날아 갑니다

비둘기 날다

무궁화 떨어지고 비둘기 잡아타지
빈자리 객차에는 강소주 삶은 계란
불콰한 간이역마다 발을 묻는 보따리

새마을 담배 연기 시비를 걸어와도
날개 잃은 비둘기들 차창에 흔들리며
한 잎의 어둠을 물고 새벽으로 떠났지

하일면 솔섬

솔바위 해안선에 물너울 품을 사서
수줍은 홍가리비 보조개 단풍들면
무심한 속살이 차서 노을 밥상 차렸다

미세기 버무려서 물비늘 몸을 푸는
갓 바다 갈마바람 주름살 바닷길에
그대가 지나간 여울 잠 못 드는 바위섬

나비야 배 띄워라

수면의 날개 끝에 물속에 젖은 나비
한번은 튀어 올라 어깨 펴고 날아보자
돌고래 꼬리뼈 쳐서 바다 건너 청산가자

등지고 가는 세월 엉덩이 수심 잡고
코끝으로 뒤를 보는 발가락을 올려 보자
앞뒤를 모르는 배꼽 무릎 펴고 살펴보자

너와 나 평행으로 살포시 바닥 치고
잔잔한 소용돌이 종아리 힘을 실어
손 모아 드리는 기도, 파닥이는 허벅지

자유의 거친 물살 물장구는 휘몰이로
팔 젓기 자진모리 숨쉬기는 굿거리로
물길을 모르는 나비, 음~파 음~파 숨비길

달려라 하니

유세차, 유모차를 밀고 가는 늙은이나

유세차, 유모차를 타고 가는 아기거나

유세차, 세월 앞세우고 앞서거니 뒤서거니

크리센도

슬픔을 밀봉한다, 눈물이 새지 않게

슬픔을 끌어안고, 워낭에 묻힌 울음

슬픔을 현행범으로 체포한다, 눈물로

줄다리기

그렇게 버틴다면 한평생 편 가르기
줄지어 팽팽하게 반의반 의심 없이
단식은 허기를 잡고 나머지는 모르쇠

민주는 어디 가고 정의는 어디 갔나
민생은 뒷전이요 권리만 추구하는
여의도 썩은 동아줄 썩은 줄도 모르고

장군멍군

명태전 대가리로 저녁을 차려놓고
파전에 막걸리로 등가죽 묶어 놓고
빈 병들 쓰러진 자리 전진 만이 살길이다

차 떼고 싸워 볼까? 포 떼고 놀아 볼까?
오늘은 우짤래미 내일은 저짤래미
심장과 가까운 말, 유혹이다. 차가운

저놈이 장군이냐 이놈이 멍군이냐
그놈이 이놈이고 저놈이 한 몸이라
난장판 별빛 죽이기 피장파장 비기기

분수

뿜어라! 물꽃이여

품어라! 하늘까지

흰 불길 피자마자

불나방 뛰어들어

분수껏 콸콸 타올라

맨몸으로 피는 꽃

살구와 자두

살구는 살구라서 살금살금 다가왔지
자두는 자두라서 자박자박 다가섰지
첫 만남 치신머리 없이
덥석 안아 살구요

살구야 자두야 살아보니 어떠하니
죽어서도 살구요 살아도 자두라니
얄라차, 죽어나, 사나
니캉내캉 살구요

리장만 이십 년

마을엔 아이 울음소리 축음기로 잠들었다
빈집엔 만삭의 트롯트가 진통 중이다
생명의 연결고리가 거미줄에 걸렸다

확실한 적막은 환장할 공포를 예고했다
절박한 마을방송 겨우내 소리쳤다
새해도 삼신할머니 요양원에 계신다

| 작품해설 |

안창섭의 시조,
탐구와 순례의 갈림길에서

이 달 균
(시인)

안창섭의 시조,
탐구와 순례의 갈림길에서

이 달 균(시인)

▮ 들어가는 말

안창섭 시인이 80편이 넘는 시조를 보내왔다. 묵혀두었다가 문득 생각나 읽고 있었는데 그가 찾아왔다. 몇 마디 나누고 헤어진 후, 장 폴 사르트르의 자서전 『말』에서 읽은 구절이 생각났다. 그 글 속에서 사르트르는 유년 시절 글과 만난 소회를 이렇게 밝히고 있다.

“나는 글쓰기를 통해서 다시 태어났다. 한데 최초의 소설을 쓰자마자 한 어린애가 거울의 궁전 안으로 들어선 것을 알았다. 나는 글을 씀으로써 존재했고 어른들의 세계에서 벗어났다. 나는 오직 글쓰기 위해서만 존재했으며 ‘나’라는 말은 ‘글을 쓰는 나’를 의미할 따름이었다. 그런들 어쩌랴, 나는 기쁨을 알았다. 공중의 놀이개와 같은 아이가 이제 자기 자신과의 사적인 데이트를 하게 되었던 것이다.”

이 글에서 ‘공중의 놀이개와 같은 아이’는 인식의 창을 열지 못한 어린 ‘나’이고, 그 이후의 ‘나’는 인식의 창을 열고 글을 통해 자아를 찾아가는 변환된 존재를 의미한다. 또한, 그가 말한 ‘어른들의 세계’는 타인이 구축한 성벽이며 ‘거울의 궁전’은 스스로 그 벽을 허물고 자신과 만나는, 진정한 사적 공간의 다른 말로 해석된다. 다시 말하면 글쓰기 이전의 나는 세상의 통념 위에 머물러 있었지만, 글쓰기를 시작한 후엔 비로소 자신의 눈으로 세상을 보는 여행이 시작되었음을 고백하는 것이다.

안창섭 시인의 현재는 높은 성벽의 문을 지나 맞닥뜨린 언덕 하나를 열심히 오르는 중이다. 오래 닫힌 창을 열고 인식의 하늘을 만나기까지의 시간은 길었다. 50줄을 바라보는 나이인 2015년에 《월간문학》을 통해 시조의 길에 들어섰고, 2019년엔 《창작 21》을 통해 시로 등단한다. 거기에다 2021년엔 《소설미학》에 소설을 발표하면서 소설가로서의 여정에 오르기도 했다.

이 시조집이 나오기까지 그의 걸음은 바빠 보였다. 비교적 늦은 나이에 글의 여정을 시작한 탓이라 생각된다. 그가 내딛는 발걸음은 탐구일까 순례일까. 시조와 시, 소설을 넘나드는 행보는 순례보다 탐구이길 바라지만, 그런 숨 가쁜 행보는 탐구보다는 순례에 가까워 보이곤 했다. 탐구는 정착지를 정하고, 우물을 파고, 집을 짓고, 식솔과 살기 위한 일련의 서사가 필요하다. 그에 비해 순례는 정착지를 찾기보다는 무언가를 찾아 헤매는 목마른 글 꾼의 몸짓으로 비유된다. 뒤돌아보지 않고 여러 과녁을 향해 산발적으로 내달리는 그의 순례가 숨 가빠 보이기도 한다. 하긴 그런 몸짓이 지금의 그를 있게 한 동력이라면 일견 이해되기도 한다.

▌균형자를 찾는 보법

요양원 좁은 복도 비상등 불빛 따라
들어선 발가락이 먹먹한 벽을 보고
눈 뜨고 보이지 않는 눈먼 길을 찾는다

유리창 한 뼘 햇살 눈물을 끓이는데

숨소리 비등점 찾아 병실을 헤매 돌아
생명선 빠른 길 찾기 발룽발룽 검색 중

갈 길은 첩첩산중 한눈에 잡히는데
입술도 풀어놓고 혀까지 녹여 내어
이승잠 떠나기 전에 내려앉는 숨비소리

가죽이 뼈가 되어 얕은 잠에 우는 시간
등걸마저 내어준 자리 저 눈부신 이름들
여기에 누가 있었는지 흔적을 묻고 있다

—「아이나비 1」 전문

이 시조집 『유모차를 타고 가는 아이나비』는 지난 2021년 펴낸 시집 『내일처럼 비가 내리면』에 이은 두 번째 작품집이며 시조집으로는 첫 번째다. 이 책을 통해 현대 시조가 지향하는 흐름의 일원이 되어 시조 시단의 벽화 속에 오롯이 이름 하나를 새기고자 하는 의지를 담았다. 그런 의미에서 인용 시 「아이나비 1」은 안창섭 시 세계의 방향성을 제시하는 상징적인 작품으로 눈여겨볼 필요가 있다.

내비게이션은 좌고우면하지 않고 정한 목적지를 향해 가는,

현대인이 가장 많이 신세 지는 첨단의 산물이다. 그러므로 농울 치는 서정을 걷어내고 얽매인 매듭에서 벗어나 자유로운 보법으로 구와 구를 무리 없이 소화하며 이야기를 전개한다. 낯선 길을 찾아가는 '아이나비'와 누군가 복도에서 밀어주는 유모차는 일상에서 함께 하는 것들이다. 어버이의 유모차를 밀어본 적 있는 이라면 저절로 '눈 뜨고 보이지 않는 눈먼 길을' 찾아가는 동행자가 되고 만다.

요양원에서 마지막 생명의 길을 찾는 '아이나비'와 안간힘으로 버티다 내뱉는 '숨비소리'는 동일한 곳을 향해 간다. 이 두 단어는 전혀 다른 것 같지만 생명의 마지막에선 하나의 공통선을 이룬다. 모세혈관을 찾아가는 피는 '아이나비'처럼 고달프다. 그렇게 숨통을 통과한 피는 목숨줄에 이르러 참고 참았다가 거친 숨비소리를 토해낸다.

그 과정에서 '발롱발롱'이란 우리말 한마디를 찾아낸 것은 신의 한수처럼 보인다. 밥물을 조금 많이 잡았을 때, 끓을락 말락 하는 상태를 말하는데, 삶과 죽음의 길목에서 목젖이 열릴 듯 말 듯 하는 그 순간을 일물일어(一物一語)로 포착한 시어다. 「아이나비 2」에서 '발밤발밤'이란 말을 발견해 끌어 쓴 것도 마찬가지다. 아이나비는 정한 길을 가지만 나비는 꽃향기 따라 발길 닫는 대로 간다. 그런 대비되는 모양새를 강조하기 위해 찾아낸 우리말이기에 응원하고 싶다. 현대시는 현대인의 생활과 방식을 담아야 한다, 그런 명제를 실천하는 의미에서 시집 제호를 그렇게 붙인 것이 아닌가 생각한다.

기찻길 따라가는 기억의 창고에서
무너진 꿈속에서 잠자던 책갈피에
오래된 사연은 하나 빈자리에 피는 꽃

길 잃은 발자국이 꽃을 꺾어내면
새끼 잃은 어미처럼 죽음도 외면하는
첫사랑 돌아왔다는 우아한 거짓말

기억을 잃어버린 추억의 정거장에
기차가 떠난 자리 발목을 묻어놓고
이별의 꽃씨를 심어 꿈속으로 보낸다

—「해바라기」 전문

안창섭 시인의 '기억의 창고'엔 어떤 것들이 있나. 그의 세월 속에 묻어둔 '해바라기'는 녹슬어 있다. 올해 여름 태양을 향해 굳건히 핀 꽃이라면 빈자리에 핀 꽃으로 기억하지 않을 것이다. 그런 상실의 기운이 시 곳곳에 묻어 있다. 직업(예비군 동대장)이 그러하듯 꿋꿋한 총구만 같은 품을 자랑하지만 기실 시를 찬찬히 읽어보면 여리고 섬세한 심성을 읽을 수 있다. 「한자 이야기」에선 '서로의 등을 맞대고 한쪽만 바라보는' 반쪽을 얘기하고, 사랑을 일컬어 '손톱달 애둘러 가는 길이 더 멀어서 애닯다' 고 말한다.

또한, 「봄비, 날다」의 마지막 3수에선 "동구 밖 는개 난실 늘어진 발자국들/서느런 옷자락이 안개비로 젖어 들면/첫사랑 비거스렁이 눈물마저 차갑다"라고 노래한다. '봄비' 란 희망을 예비하는 말이지만, 차가운 눈물로 다가온다. 애써 날아보자고 봄비에 젖고 있으나 정작 비온 뒤 그 차가움을 떨치지 못하는 자신을 만나고 만다.

시를 읽기 전과 읽은 후의 느낌은 전혀 다르다. 어쩌면 평소 그에게서 풍기는 남자다움은 '우아한 거짓말' 인지도 모른다. 애잔한 서정 위에 커튼을 치고 절망과 후회, 질문과 회의 같은 것들을 아닌 척 살고 있는 것은 아닌지. 하긴 그만이 그런 게 아니라 사람은 누구나 그러한지도 모른다. 시란 자기를 변명하는 도구이기도 하기에 이해되기도 한다. 시인은 본질적으로 성취하지 못한 자, 혹은 갖지 못한 자들의 욕구를 대변해 주는 존재다. 그런 까닭으로 타인의 시를 읽으며 공감을 얻고 동일시의 마력에 빠지는 것이다.

삶에서 시인이 추구하는 시적 진실을 찾기란 쉽지 않다. 복잡다단한 현재일수록 더 그렇다. 그런 무기로 무장했을 때, 거침없는 일필휘지나 대륙을 향한 진격과 휘몰아치는 스케일은 얻어진다. 지금은 성취의 등성에 오르기보다 준비단계로 보인다. 그러기 위해서는 어깨에 얹고 가야 할 질문에 대한 더 깊은 회의에 빠져야 하고, '무엇을 위해', '왜?' 라는 필연적 당위성을 장착해야 한다. 그리고 시조다운, 안정되고 균형 있는 보법을 찾는 노력이 더해져야 한다. 그럴 때 그에게 거는 기대도 한 걸음 더 나아갈 수 있는 것이다.

▌진정성으로 승부하라

내수면 연구소는 불면의 꿈속에서
내 수면 깊은 곳에 내생의 꿈자리를
내 수면 머리맡에서 잠 못 드는 잠자리

내수면 연구소는 내 꿈을 꾸지 않아
내 수면 눈먼 자리 물비늘 집을 지어
내 수면 가장자리서 머무는 연구소

내수면 단풍들어 물빛에 잠든 당신
내 수면 한가운데 잠자는 소문들이
내수면 왕버들 나무 하늘가로 날았다

—「내수면 연구소」 전무

이 작품은 순례의 어느 날, 문득 가족과 함께 머물고 싶은, 식물의 꿈을 부풀게 하는 토양 혹은 거주지를 선언하면서 작은 문패를 다는 순간을 기원하며 쓴 시처럼 읽힌다. 그런 관점에서 보면 '내수면 연구소'는 수면을 방해하는 모든 것을 끌어 앉는 쉼터이기를 염원한다. 낮은 곳에서 차분히 정형의 뿌리를 굳건히 함은 물론, 그 토양과 친화하면서 유연히 가지를 뻗어 나가게 하는 시조의 진원지로 설정하면 더 좋겠다. 이곳은 시인이 사는 진해에 있다. 물고기들은 유유히 헤엄치고 호수를 둘러싼 울창한 수목들은 별과 교신하는 생태계의 보고다. 오늘 '내 수면 깊은 곳' 온전하지 못한 '가장자리서 잠 못 드는 잠자리'는 완전히 안착하지 못한 시인 자신의 은유로 보인다.

이 연구소는 원래 내륙의 민물고기를 연구하던 곳으로 습지 생태계의 보전 확산을 위해 다채롭게 조성한 휴양지다. 연구소가 그러하듯 무지개로 채색된 자신의 꿈을 이제 하늘로 날려

올리는 몸짓을 시작한다. 수면을 방해받지 않는 다채로운 시조의 생태계를 구축하고 싶은 것이다.

안창섭 시조에서 가장 두드러지게 드러나는 것은 유사 시어의 반복적 사용과 동음이의어의 적절한 배치 등이다. 이런 구성은 현대 시조에서 극복되어야 할 고답적 음풍농월, 교조적 훈계 같은 문제점들로부터 놓여나게 하는 장치가 된다. 다시 말하면 랩에서 라임을 맞추는 기법과 유사한데, 이로 인해 리듬감 있게 문장을 구성하는 방식이 된다.

첫수 초장에서 수면에 일렁이는 바람과 잠자리들로 인해 상념이 분산되는 상황을 '내 수면 깊은 곳에 내생의 꿈자리'로 표현하면서 전혀 다른 대상인 '내수면'과 '내 수면'을 병치시켜 대비되는 상황을 연출한다. 시인이 즐겨 사용하는 이런 예는 여러 군데서 어렵지 않게 만날 수 있다. 대충 일별해본 작품 중「꽃을 웃긴 소」는 그런 방식의 대표적인 작품이라 하겠다.

"나주 들판에서 소를 웃긴 꽃을 보았지/ 법수 둑방에서 꽃을 웃긴 소를 보았지/ 누렁소 혓바닥 빗질 팔랑개비 보았지// 혓바닥 팽이 치듯 둥글게 감싸 돌았지/ 자운영 네 잎 입술 벙글게 핑 돌았지/ 콧방귀 풀꽃 웃기는 황소걸음 돌았지"

'소를 웃긴 꽃'과 '꽃을 웃긴 소'는 생각만 해도 웃음이 난다. 풀을 뜯는 소의 혀 모양을 돌아가는 팔랑개비로 표현한다. 자운영밭에서 맡는 꽃향기에 벌름벌름 코를 놀리는 누렁소가

평화로운 봄날을 그려준다.

그런 시도는 여러 작품에서 드러난다. 「아이나비 2」에선 '아이나비'와 '흰 나비 한 마리'를 병치시키고, 「멍게」에선 '뇌는 사치' '뇌물은 다 빼먹고', '울멍울멍 피가 돌아' '목이 타서 멍 멍 멍'으로, 「고무신」에선 '신이여! 고무신이여'로, 「불규칙한 뼈」에서는 '뼈 있는 말 한마디가 물렁뼈를 씹는 밤'으로, 「장군멍군」에선 '차 떼고 싸워 볼까? 포 떼고 놀아 볼까?/오늘은 우짤래미 내일은 저짤래미'로, 「돌고래 연가」에선 '돌을 낚아 도를 닦는 돌 낚시는 도가 없다'로 변주한다.

9회 말 투아웃 투 쓰리 풀 카운트
덮어놓고 도루를 시도하는 대선 주자
대통령 떨어지는 곳
길바닥이 두렵지

직구로 투구하면 한방이 두려워
변화구 눈속임도 하루면 충분하지
난장판 병아리 날자
떨어지는 기러기

우당탕 두루치기 그 나물에 비빔밥
주머니 속 날달걀 간직한 구원투수
눈감고 모르겠다, 시발
던져놓고 새 시대

—「달걀을 던지다」 전문

앞서 말했듯 시대에 거울을 들이댄 작품이 상당히 많다. 이 시는 세태를 직접적으로 반영한다. 선거 기간 중, 내가 선호하지 않는 후보를 향해 달걀을 던지는 모양은 종종 목격된다. 내용이야 뻔하지만, 달걀 던지는 모양만으로는 시가 되지 않는다. 그런 직접성을 벗어나기 위해 '변화구 눈속임도 하루면 충분하지'란 말을 갖고 와 하나의 장을 이룬다. 물론 초장에서 '직구로 투구하면 한방이 두려워'를 배치하여 중장을 어색하지 않게 해 준다.

지지자와 반대자가 섞여 서로 삿대질을 해대고, 급기야는 달걀이 날아가는 난장판을 이런 위트와 유머로 적절히 조율한다. 그런 모양을 '우당탕 두루치기 그 나물에 비빔밥'으로 표현한 것도 재미있다. 그렇게 셋째 수에서 구원투수를 기다리는 여망을 드러낸다. 날달걀과 구원투수의 엉뚱한 조합으로 인해 산만

해 보이는 광경을 세 수의 시조로 처리한 것은 이 시인이 애써 연마한 결과로 보인다.

이런 시도는 시조가 음률의 소산임을 잘 말해 준다. 요즘 자유시는 단절된 말들을 끝없이 쏟아내는 추세가 만연해 있다. 시인 자신도 모르고 수십 년 시를 쓴 시인도 모르는 시들이 많다. 그에 비해 시조는 짧은 촌철살인의 시구를 구성하여 독자에게 단박 다가가게 하는 장점이 있다. 그렇게 해서 율격의 노래인 만큼 구와 구를 끌어와 장마다 완벽한 말을 만들고, 그 대구의 과정을 통해 종장에서 하고픈 말의 대미를 장식한다. 그것이 차이이며 시조의 정체성이다.

안창섭 시인의 경우, 구태의연한 시조 창작 방법과 소재주의에서 벗어나려는 노력을 꾸준히 보여준다. 시대를 향한 풍자와 역설은 정제의 과정만 잘 거친다면 훌륭한 결과를 낼 수 있다. 하지만 그런 장점에도 불구하고 한편으론 시를 너무 가볍게 한다는 우려를 낳을 수도 있다. 유머가 지나치면 장난스러워 보이기도 하고, 역설이 도를 넘으면 조롱에 가까워진다.

시조는 늘 경계선 위에 있다. 이런 적절하고 적확한 비유를 위한 절차탁마는 시인이라면 누구나 명심해야 한다. 경계란 밀고 당기는 힘의 균형추를 말한다. 평균대 위에선 균형을 잃으면 넘어지고 만다. 그러므로 균형을 지키려는 진정성 있는 자세는 아무리 강조해도 지나치지 않는다.

▌자유로운 보법과 역설의 시학

하늘이 너무 맑아 구름 속은 비어 있다
뱃사공 던져놓은 허물은 바람을 잡고
'푸르공' 속도에 맞춰 흔들리는 운명선

코담배 손바닥을 갈라놓는 해초들이
끈끈한 물때표를 물고가는 재두루미
수평선 꼬리를 잡아 말발굽을 구른다

뱃고동 아스라이 시퍼런 파도 칼날
'흐미'의 목을 베어 어미 잃은 발자국들
첫 경험 고비의 속살 종아리에 심었다
불면의 꿈속에서 길 찾아 떠나는 배
'마두금'을 타고 넘는 '어워'의 깊은 포궁
낙타의 눈물을 모아 돛단배를 띄운다

— 「몽골의 바다」 전문

몽골엔 바다가 없다. 하지만 시인의 눈은 바다를 향해 있다.

끝없이 펼쳐진 초원이 바다일 수 있고, 구름 없는 창공이 바다일 수 있다. 섬 없는 바다는 진정한 바다가 아니라고 했던가. 하늘의 구름이 섬이고 초원을 달리는 투어 차량인 푸르공이 섬이 되기도 한다. 첫수는 가없는 몽골의 지평선에 사물을 그려놓고 초원을 바다로 인식한다. 초장에서 하늘과 구름을 끌어와 바다며 섬으로 치환시킨 후, 중장에서 간간이 보이는 사람을 뱃사공으로, 어쩌다 마주치는 횡단 차량을 흔들림 끝에 방향을 가리키는 나침판으로 표현한다.

광활한 지평선에선 자신의 운명을 재단하기 쉽지 않다. 칸의 영혼을 심장에 심었다면 모를까 범인으로서는 대자연에 의해 끌려가는 미물의 운명처럼 덧없다. 도심에서 느끼지 못한 한 줌 티끌의 존재를 몽골에서 느낀 것이다.

둘째 수에서는 이리저리 물살에 흔들리는 해초들을 본다. 가끔 불어오는 바람도 짭조름한 갯내음을 풍긴다. '끈끈한 물때표를 물고가는 재두루미' 역시 깃엔 해조음이 묻어 있다. 바다에서 바다를 보지 못할 때가 있다. 그래서일까 시인은 초원에서 바다를 본다. 지평선에서 보는 수평선은 어떤 모습일까? 어쩌면 시인은 암흑에서 빛을, 절망에서 희망을 보라고 역설적으로 말하는 것이리라. 이제 셋째 수에 오면 칼날의 파도가 음률을 타고 초원과 하나 되는 꿈을 꾼다. 게르에 의지한 사람들에게 양떼는 일용한 양식이다. 그 핏자국이 선명할수록 식솔과의 유대는 더 끈끈해진다. 이쯤 되면 두고 온 도시를 잠시 잊어도 좋다. 며칠이 지나지 않았는데도 '고비의 속살'에 젖을 수 있다.

넷째 수에 이르면 등대 없이도 길을 찾는 뱃사공이 된다. 한 소년과 말의 교감을 통해 만들어졌다는 몽골의 전통 악기 마두금은 흉노 시절부터 연주되었다고 전해지는데, 몽골인들에게는 천상과 지상을 잇는 신비한 악기로 여겨진다. '어워'라 불리는 몽골의 서낭당은 천상으로 향한 기원을 노래한다. 그렇게 사막을 걷는 낙타는 바닷길에서 북극성에 의지하여 떠나는 외로운 배와 같다.

이 작품을 통해 몽골을 모르는 이와 몽골을 아는 이가 하나로 합일된다. 기행 시는 자칫 여행지의 설명에 그치는 경우가 있다. 그렇게 되면 그 시는 실패한 시다. 시를 시답게 하기 위해서는 눈으로 본 것을 새로운 상상을 통해 다르게 변주시켜 내어야 한다. 오늘 내가 본 것을 사실적으로 보여주는 것은 산문이 적당하다. 그러나 시는 바람을 말하면서 그 그림자를 그려내어야 하고, 태양을 말하면서 빗줄기를 들려주어야 한다. 이 시는 초원에서 바다를 보여주었고, 사막에서 돛단배를 그려내었다. 낙타의 눈물과 마두금의 신비한 조화를 한 작품 속에서 느끼게 한 것은 독자에겐 덤인 동시에 행운이다.

구와 구의 매듭이 조화를 이루면서 안정된 호흡도 일치를 이룬다. 각각의 수마다 다른 특징을 보여주면서 네 수로 완성한 충분한 이유를 보여주었다. 다만 한 가지 흠이라면 '푸르공', '흐미', '마두금', '어워' 등 현지어를 약간 남발한 점이다. 가급 적 이런 시어는 꼭 필요할 때 사용하는, 절제의 미를 보여주었더라면 어땠을까 하는 생각이 든다.

3 · 8은 광장이다, 골목골목 풀어 놓은
보따리 보따리에 방물장수 붉은 입술
경화장 봇물 터지는 마수걸이 첫사랑

고등어 소금 쳐서 은갈치 시집가요
시집 못 간 시금치는 치마 단 풀어놓고
풋고추 다리 분질러 잔치 국수 먹는 날

오이 소, 보이 소, 사이 소, 싹 다이소
고맙소, 닷새마다 다 같이 니캉내캉
어울림 굿거리장단 어화둥둥 에누리

참기름 침을 발라 떨이를 유혹하는
본전을 까먹어도 밑천을 믿고 사는

덤으로 주고받은 정, 남은 생은 우수리

명태전 아랫도리 막걸리 한 사발로
권커니 잣거니 긴 하루 짧은 밤이
콩나물 대가리 걸고 꿈을 꾸는 경화장

—「섰다, 3 · 8 백화점」 전문

이 작품도 안창섭 문법이 잘 드러난 시라고 생각된다. 유머와 역설, 강조와 과장, 반복과 타령 등 평소 즐겨 사용하는 시법이 고스란히 담긴 시이기 때문이다. 첫수 초장을 여는 '3 · 8은 광장이다'는 이 시 전체를 대변하는 구라고 말할 수 있다. 3일과 8일은 진해 경화장이 서는 날이다. 오일장이 열리는 광장이란 뜻도 있지만, '삼팔 따라지'라는 말이 함께 떠오른다. 화투판에서 3과 8을 잡으면 더해도 끗수가 가장 낮은 1이 된다. 그러면 당연히 투전을 포기하고 남의 패나 구경해야 한다. '따라지'라는 말은 몸과 마음이 왜소하여 볼품없는 사람을 낮춰 부를 때 쓴다. 그러니 이 한마디로 우리가 상상하는 것은 이름이 좋아 경화장이지, 옛날 오일장과는 비교할 수 없는, 있을 건 있고 없을 건 없는 따라지급 장이란 말씀이다. 그러나 우리의 오일장은 주민들 간의 소통과 정보교류 장으로 전통오일장의 정취와 문화를 유지발전 시켜, 새로운 문화를 창조하는 3 · 8장으로 거듭나서 삼대가 같이하는 활기 넘치는 광장으로 우뚝 서기를 기원해 본다.

둘째 수 "고등어 소금 쳐서 갈치가 시집가요/시집 못 간 시금치는 치마 단 풀어놓고/풋고추 다리 분질러 잔치 국수 먹는 날"은 시끌벅적 왁자지껄 장마당 풍경이 떠오르지 않는가? 정형에 갇히지 않은, 바쁘고 무질서한 이런 흥타령은 우리 시조에서 흔히 본 장면이 아니다. 그만큼 활달한 어휘력과 풍부한 상상력이 뒷받침되었기 때문이다. '시금치'가 '치마단 풀어' 놓았다는 구절은 난전에 분 바른 들병이처럼 에로틱하기도 하다.

셋째 수 초장의 '오이 소, 보이 소, 사이 소, 싹 다이소' 역시 과장과 반복을 통해 음률을 잃지 않으려는 시인 특유의 장기와 재치를 엿볼 수 있다. 그렇게 숨 가쁘게 초장에서 중장으로 넘어오면서 첫음절 '고맙소'를 배치한 것도 눈여겨봐야 할 부분이다. 그렇게 이어지면서 넷째 수 중장에 이르면 '권커니 잣거니 긴 하루 짧은 밤'으로 숨을 고르다 종장에서 '꿈을 꾸는 경화장'으로 마무리를 짓는다.

이렇듯 안창섭의 시조는 약간 분주하고 산만한 특징을 갖는다. 이런 특징은 부족한 무엇이 아니라, 그의 독특한 문법으로 이해해야 한다. 일부러 투박한 문장을 구사하여 자신의 이름을 새기고자 하는 마음의 발로라고 생각된다. 미숫가루처럼 정제된 언어를 사용하는 시인들과의 변별성을 갖고자 하는 의지를 드러낸 것이 아닐까.

▌단시조, 절제의 미학에 다가서다

선암사 해우소에

매화꽃 피는 소리

매화틀 향기 품어

부처도 좌탈입망

엉덩이 깐 뒤 무럭무럭

피어나는 무량심

—「주상전하 납시오」

슬픔을 감싸 맨다

눈물이 새지 않게

한 생이 한 자루에

맷돌의 무게만큼
하얗게 죽어서 피는

저승꽃이 쩡하다

—「두부의 눈물」 전문

이 시집에선 50수가 넘는 연시조, 21수의 단수, 3수의 사설시조가 실려 있다. 21수의 단수를 읽으며 시조의 본령인 단수에 집중한 흔적이 보여 흐뭇하다. 누구나 인정하듯 단시조는 시조의 본령이기에 절제의 미학을 온전히 담아온 우리의 자랑스러운 문학 자산이다.

시조는 현재 세계화 운동이 한창이다. 실제 하버드 대학교의 마크 피터슨 교수는 시조 사랑과 창작의 중요성에 대해 미국 대학생들에게 열성적으로 교육하고 있다. 시조에는 한국의 언어, 문화, 정신, 사고방식이 고스란히 담겨 있으므로 한국을 배우려면 시조를 배워야 한다고 역설한다. 그러므로 단시조는 시조의 정체성을 지키는 최고의 것이고, 새로운 평가와 계승이 절실하다. 국제화 시대에 한국 문학을 지구촌에 알리는 최고의 덕목은 단연 단시조일 것이다.

「주상전하 납시오」는 해학이 넘쳐난다. 순천 선암사 해우소는 시인들의 단골 소재이다. 유안진, 정호승, 복효근, 정일근 등이 먼저 떠오른다. 그 시들은 많은 이들이 인용하는데 이 작품도 그에 못지않다는 생각이 든다. 선암사 선암매는 수세가 양호하고 나무 모양도 아름다워 천연기념물 제488호로 지정되었다. 이 매화 향기를 생각하면서 시인은 매화틀을 슬쩍 불러온다. 매화틀은 임금님 똥요강이다. 선암사 해우소에서 좌탈입망(앉은 채로 열반)하는 경지라면 누구나 한번은 경험해 보고 싶지 않은가. 엉덩이 까고 '무럭무럭 무량심 피어나는' 그 환장할 봄 기다리는 마음을 단수 3장에 담았다.

「두부의 눈물」도 읽을만한 작품이다. 콩가루를 물에 불려 자루에 담는다. 감싸 맨 자루를 맷돌의 무게로 누르면 슬픔의 눈물이 흐른다. 그렇게 눈물 짜내고 남은 비지마저 우리에겐 얼마나 요긴한 구황식품이었던가. 저승 가까운 곳에서 맛보는 눈물의 식탐, 그날의 두부가 그립다.

우물에 빠진 달이
두레박 타고 와서

민낯을 보였다가

눈물에 잠든 하늘

반에 반, 접었다 폈다

다시 보는 연애편지

—「반달」 전문

죽었다 살아나는 불꽃은 나무의 꿈

까맣게 그을린 채 꿈꾸는 혈관 속에

어둠의 볼을 적시는

검은 심지 붉은 피

—「숯」 전문

「반달」과 「숯」도 소개할 만한 작품이다. 우물과 두레박은 지난날의 삶이었지만 전설처럼 아련하다. 불과 수십 년 전의 일인데 요즘 사람들은 경험하지 못한 것들이다. 보름달은 소원을 비는 달이지만 반달은 접어둔 연애편지처럼 애잔하다. 단수는 이미지를 제대로 그려내는 것이 중요하다. 그런 의미에서 보면 「숯」도 그 본령을 잘 그려내고 있다. '죽었다 살아나는 불꽃'은 분명 '나무의 꿈'이 맞다. 단단한 목탄이 된 혈관 속에서 붉게 흐르는 한 줄기 피가 있다면 정녕 죽은 목숨은 아닐 것이다. 죽어서 살아 있는 존재가 바로 숯이 아니겠는가.

시인은 그런 생명의 이미지를 단수에 녹여 내고 있다. 시집 한 권 속에서 시조의 본령인 단시조에 집중하는 모습이 든든하다. 함께 실린 사설시조에 대해서는 조금 쓴소리가 필요하다. 시조의 정체성 측면에서 보면 사설시조는 우려를 낳게도 한다. 사설시조의 말 부림은 사설다워야 하는데, 자칫 그 흐름을 놓치게 되면 시조의 정체성을 흔들리게 할 수가 있다.

▮ 맺는말

시조집 『유모차를 타고 가는 아이나비』에는 다양한 빛깔과 형식이 존재한다. 정형을 지키면서 자유를 얻어가는 일은 결코

쉬운 일이 아니다. 그러므로 시조 창작은 더욱 뼈를 깎는 인내가 요구된다. 시조는 700년의 전통 위에 서 있다. 하지만 그 전통이 현대를 담아내지 못하면 진정한 전통이라 말하기 어렵다. 계승은 답습이 아니다. 그러므로 현재 내가 선 자리의 의미를 담아내야 하고 미래를 담보할 수 있을 때 진정한 전통이 계승된다. 시조는 언제나 독자를 향해 있어야 하고, 더 먼 곳을 바라보아야 한다. 지구촌 인류가 함께 향유하는 자랑스러운 유산임을 깨달아야 빛날 수 있다.

다시금 안창섭 시조의 여정에 대해 생각해 본다. 탐구와 순례의 길 위에서 이제 잠시 순례를 접고 탐구에 몰두해 보는 시간을 갖는다면 좋지 않을까. 숨결을 고르다 보면 정신의 결도 한결 여유롭고 자유로워지리라 싶다. 이번 시조집을 계기로 더욱 시조에 몰두하는 시인이 되기를 바라며 두 번째 시조집 상재를 기다려 본다.